Analyse de l'œuvre

Par Isabelle Defossa
et Pauline Coullet

Le Grand Meaulnes

d'Alain-Fournier

lePetitLittéraire.fr

Rendez-vous sur lepetitlitteraire.fr et découvrez :

Plus de 1200 analyses
Claires et synthétiques
Téléchargeables en 30 secondes
À imprimer chez soi

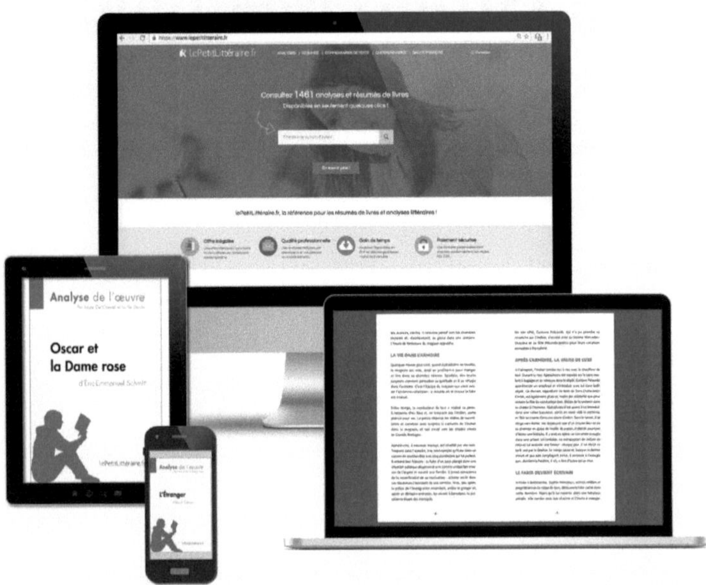

ALAIN-FOURNIER

ÉCRIVAIN FRANÇAIS

- **Né en 1886 à La Chapelle-d'Angillon (Centre-Val de Loire)**
- **Décédé en 1914 à Saint-Rémy-la-Calonne (Grand Est)**
- **Quelques-unes de ses œuvres :**
  - *Miracles* (1924), poèmes et nouvelles
  - *Correspondance avec Jacques Rivière* (1926), correspondance
  - *Colombe Blanchet* (1990), roman inachevé

Fils d'instituteurs, Henri Alban Fournier, dit Alain-Fournier, est né dans le Bas-Berry (Sologne), où il passe toute son enfance. Rêvant de devenir marin, il prépare le concours d'entrée à l'École navale de Brest, puis renonce. Il entame alors des études littéraires, mais échoue au concours d'entrée à l'École normale supérieure. Il interrompt ses études pour faire son service militaire. Mobilisé durant la Première Guerre mondiale (1914-1918), il est tué en 1914 alors qu'il effectue une mission de reconnaissance à Saint-Rémy-la-Calonne (Meuse). Il a alors 27 ans.

Cette mort précoce a fait de lui l'auteur d'une seule œuvre : *Le Grand Meaulnes* (1913). Il a entretenu diverses correspondances qui seront publiées de manière posthume, notamment avec son ami Jacques Rivière (écrivain français, 1886-1825), et aurait commencé une pièce de théâtre en 1914, *La Maison dans la forêt* (ébauche trop succincte pour être publiée), ainsi qu'un roman, *Colombe Blanchet*.

LE GRAND MEAULNES

UN CLASSIQUE AU CHARME SÉDUISANT

- **Genre :** roman
- **Édition de référence :** *Le Grand Meaulnes*, Paris, Éditions G.P., coll. « Bibliothèque rouge et or », 1952, 222 p.
- **1ʳᵉ édition :** 1913
- **Thématiques :** initiation, amitié, adolescence, rêve, merveilleux

Publié en 1913, *Le Grand Meaulnes* est l'unique roman achevé d'Alain-Fournier. Il raconte comment l'arrivée du mystérieux Augustin Meaulnes vient perturber l'existence d'un adolescent, François Seurel, le fils d'un instituteur de la ville fictive de Sainte-Agathe que l'auteur situe dans sa région natale, la Sologne.

Le roman parait d'abord dans *La Nouvelle Revue française*, puis en volume chez Émile-Paul, et est pressenti pour le prix Goncourt qu'il n'obtient toutefois pas. Bien des années plus tard, le succès du roman ne se dément pas. En 1999, il est classé à la neuvième place des cent meilleurs livres du XXᵉ siècle. Vendu à plus de cinq-millions d'exemplaires, il est considéré comme un chef-d'œuvre de la littérature.

RÉSUMÉ

PREMIÈRE PARTIE

François Seurel, le narrateur, a 15 ans et vit à Sainte-Agathe dans les bâtiments de l'école où son père est professeur de Cours supérieur et de Cours moyen. Un dimanche de novembre, il voit arriver chez lui un garçon de 17 ans nommé Augustin Meaulnes. Sa mère, une riche veuve, a décidé de mettre son fils en pension chez les Seurel pour qu'il suive le Cours supérieur (qui prépare au brevet d'instituteur). Rapidement, le nouveau venu est appelé « le Grand Meaulnes » par les élèves de la classe, en raison de son âge et de ses qualités de meneur. Alors que François a l'habitude de vivre dans la solitude, l'arrivée d'Augustin vient perturber sa quiétude et marque pour lui le début d'une nouvelle vie. Augustin aime en effet partir à l'aventure et jouer avec tout ce qu'il trouve. Ainsi, lorsqu'il rencontre François pour la première fois, il lui propose d'allumer des fusées qu'il vient de trouver dans le grenier des Seurel.

Un jour, bien qu'un autre élève ait déjà été chargé de cette mission et afin de surprendre sa classe, Meaulnes fait atteler une jument pour aller chercher les grands-parents de François, les Charpentier, à la gare de Vierzon. Mais Augustin ne réapparait pas de la journée. Le soir même, un homme ramène à la famille Seurel la voiture sans conducteur, et Meaulnes revient quatre jours plus tard. Il ne confie à personne, à l'exception de François, ce qui lui est arrivé.

Le jour de sa disparition, Augustin n'avait pas d'autre intention que de ramener les grands-parents Charpentier. Mais, ne connaissant pas le chemin, il s'était égaré. Après quelques péripéties au cours desquelles il a perdu sa jument, il s'est retrouvé dans un domaine étrange et en fête, peuplé d'enfants qui semblaient faire la loi. Il y a trouvé une chambre et s'y est endormi, épuisé. Il s'est ensuite débrouillé pour se faire passer pour un invité et, avec des vêtements trouvés dans la pièce, s'est apprêté pour se joindre aux festivités. Il y a appris que les convives attendaient Frantz de Galais, le fils du propriétaire du château. Cet homme était allé chercher une jeune fille de Bourges qu'il avait rencontrée en rentrant d'un voyage, pour la ramener et l'épouser. Frantz semble être un garçon fantasque, qui fait la loi dans le château : pour célébrer son union avec sa fiancée, il a organisé cette fête étrange, qui réunissait petits et grands, riches et pauvres, tous déguisés en costumes d'époque. Des enfants occupent tous les recoins de la maison, et tout le château est décoré pour l'occasion. Le lendemain, au cours d'une promenade en bateau organisée par le châtelain, Augustin a rencontré Yvonne de Galais, la sœur de Frantz, dont il est tombé amoureux. Le soir même, il a retrouvé dans sa chambre le fameux Frantz qui lui a expliqué que sa fiancée n'était pas venue et que la fête était finie. Sur le chemin du retour vers Sainte-Agathe, emmené par une voiture, Augustin a entendu une détonation et a aperçu un Pierrot, déjà rencontré au cours de la fête, qui serrait contre lui un corps humain.

À peine rentré, Meaulnes, dont la seule preuve de son incroyable escapade est un gilet de soie, désire repartir au plus vite dans cet étrange domaine. Or il ne sait comment y parvenir. Il décide alors d'élaborer une carte qui lui permettra de retrouver son chemin. Alors qu'il n'a réussi à reconstituer que la moitié de l'itinéraire, il presse François de partir avec lui. Le jeune garçon, bien que très enthousiasmé par le projet, refuse et préfère attendre que la classe soit finie. Le départ est remis à l'été.

DEUXIÈME PARTIE

Un soir, alors que François pense qu'Augustin a oublié le pays perdu, les deux garçons tombent dans une embuscade : la bande, menée par un garçon au visage bandé, leur vole la carte que Meaulnes avait établie pour retrouver le domaine mystérieux. Le lendemain, à l'école, un bohémien a rejoint les cours : il porte un bandeau. Augustin et François, qui comprennent immédiatement qu'il s'agit du meneur de la bande, veulent se venger de l'affront de la veille. Pourtant, le bohémien ne veut que leur venir en aide : après avoir rendu la carte complétée, il révèle à Augustin qu'il a lui aussi participé à cette étrange fête. Il lui donne même l'adresse d'Yvonne, à Paris, en échange de son amitié.

Le bohémien vit dans une roulotte avec son ami Ganache sur la place de l'Église. Un jour, alors qu'ils donnent une représentation dans le petit cirque qu'ils ont monté, le bohémien retire son bandeau. Meaulnes le reconnaît immédiatement comme étant Frantz de Galais. Désespéré après le départ de sa fiancée, celui-ci a tenté de se suicider en se tirant une balle, ce qui explique son bandage. Il est ensuite parti avec Ganache et vit depuis de façon misérable, comme un nomade. Il s'enfuit par la suite sans donner d'explications à Augustin. Quelque temps plus tard, Meaulnes décide de poursuivre ses études à Paris. Il laisse alors Seurel seul, mais ne trouve pas Yvonne.

Après le départ du Grand Meaulnes, François devient l'ami de Boujardou, Delouche et Roy, des élèves qu'il considérait auparavant comme des ennemis, car ils étaient jaloux de Meaulnes. Il trahit le secret du Grand Meaulnes et leur raconte son aventure, ce qui fera naitre en lui des remords. François n'a reçu que trois lettres de son ami dans lesquelles Augustin raconte sa vie parisienne : une jeune fille lui a affirmé que, jadis, dans la maison supposée d'Yvonne de Galais, un garçon disparu et une jeune fille mariée venaient passer leurs vacances. Meaulnes, comprenant alors qu'Yvonne s'est mariée, est pris de désespoir. Il dit à François que l'aventure est à présent terminée et lui demande de tout oublier et de l'oublier lui aussi.

TROISIÈME PARTIE

Les années passant, François devient instituteur. Au cours d'une promenade, Delouche raconte qu'il a visité un lieu, le domaine des Sablonnières, situé aux environs du Vieux-Nançay et habité par un vieil officier et sa fille. Grâce à sa description et à la mention du fils excentrique du châtelain dans lequel il reconnait Frantz, François comprend qu'il s'agit du domaine sans nom. Il se rend alors chez son oncle qui habite la commune du Vieux-Nançay. Il rencontre rapidement, dans la boutique de son parent, Yvonne de Galais et part alors chercher Augustin Meaulnes chez sa mère, à La Ferté-d'Angillon. Ce dernier, lorsqu'il apprend la nouvelle, semble étonnamment triste et rechigne à le suivre. François le convainc finalement de l'accompagner à une sortie à la campagne organisée par son oncle. À cette occasion, Meaulnes retrouve Yvonne de Galais, qui le reconnait immédiatement. Le soir même, Augustin, en pleurs, la demande en mariage avant qu'il ne soit célébré en février de l'année suivante.

Meaulnes et Yvonne habitent ensemble dans la maison qui l'avait tant fait rêver, le château du domaine perdu, mais le malheur semble planer sur le jeune homme : le jour des noces, Frantz de Galais, de retour, revendique son droit au bonheur auprès d'Augustin Meaulnes. Autrefois, Frantz l'avait aidé à retrouver sa fiancée et le domaine perdu ; il veut donc, en retour et en l'honneur de leur promesse d'amitié, qu'il retrouve sa fiancée qu'il a cherchée en vain pendant des années. Pour tenir sa promesse, Augustin s'en va seul durant quelques jours et lui ramène celle qu'il aime.

François s'occupe alors d'Yvonne, restée seule, et se lie d'amitié avec elle. Quelques mois plus tard, elle lui annonce qu'elle est enceinte de Meaulnes. Elle meurt le lendemain de la naissance de sa fille. Son père, le vieil officier, décède peu après, et, sans héritiers directs à part Meaulnes, il lègue à François le domaine des Sablonnières en attendant son retour. Il s'occupe de l'enfant d'Augustin et d'Yvonne avec les nourrices. Un jour, il découvre le journal intime d'Augustin dans lequel ce dernier décrit son séjour à Paris. Il y apprend que Meaulnes a longuement fréquenté une jeune fille, Valentine Blondeau, et l'avait demandé en mariage. Au cours de vacances avec elle, Meaulnes avait compris que l'ancien fiancé de Valentine n'était autre que son ami Frantz de Galais. Dévasté, il avait alors rompu avec elle, pour rentrer chez sa mère en province. Plus tard, pris de remords et s'inquiétant pour cette femme qu'il avait aimée, il avait entrepris de la rechercher : il se préparait à partir lorsque François était venu lui annoncer qu'il avait retrouvé Yvonne. François comprend alors la cause de ses tourments : Augustin s'en voulait d'avoir, en quelque sorte, volé la fiancée de son ami Frantz. Il ne pouvait pas profiter de sa vie avec Yvonne en portant ce lourd secret et sachant Frantz et Valentine condamnés à la tristesse.

Un an après la mort d'Yvonne, Meaulnes revient au domaine. Il a ramené Frantz et Valentine, désormais mariés. Il apprend alors la mort de sa femme et l'existence de sa fille.

ÉTUDE DES PERSONNAGES

FRANÇOIS SEUREL

François Seul, bien qu'il soit le narrateur du roman, n'en est pas le héros : son rôle est de raconter l'histoire du Grand Meaulnes. Il a 15 ans et habite à Sainte-Agathe, un petit village de Sologne près de Vierzon, avec son père, M. Seurel, et sa mère, surnommée Millie. Tous deux sont professeurs, ils donnent cours à François ainsi qu'aux autres enfants du village dans leur maison rouge, les bâtiments du Cours supérieur de Sainte-Agathe. François est un enfant timide, sérieux et assez solitaire : un problème au genou l'a, de plus, empêché durant toute son enfance de jouer avec les autres enfants de son âge.

L'arrivée de Meaulnes bouleverse sa vie. Comme les autres élèves, il admire le Grand Meaulnes et devient son plus proche confident. Son genou cesse de le faire souffrir après cette rencontre : c'est le début, pour François, d'une nouvelle vie exaltante. Il est fasciné par l'histoire d'Augustin et rêve de partir à l'aventure avec lui. Même s'il est bien moins téméraire que son ami, il l'accompagne à la recherche du pays perdu. Il lui est dévoué car il l'admire et se sent grandir à ses côtés.

Contre toute attente, c'est lui qui retrouvera Yvonne de Galais – et non Augustin, qui l'a longuement cherché en vain – et qui arrangera la rencontre entre elle et Augustin. Quand ce dernier les quitte subitement pour retrouver la fiancée de Frantz, François s'occupe d'Yvonne, enceinte, puis de sa fille. François connait donc une évolution importante au fil du roman : de jeune garçon timide et passif, il devient un homme actif et protecteur. Devenu un adolescent téméraire en fréquentant Meaulnes, il devient un homme suite au départ de son ami.

Le retour d'Augustin dans sa vie est teinté de regrets. Celui-ci repart avec sa fille pour laquelle François s'était pris d'affection : « La seule joie que m'eût laissée le grand Meaulnes, je sentais bien qu'il était revenu pour me la prendre. » (p. 274) François est donc déçu, mais, comme toujours en présence de son ami, émerveillé : « Je comprenais que la petite fille avait enfin trouvé là le compagnon qu'elle attendait obscurément. » (*ibid.*)

AUGUSTIN MEAULNES

Augustin Meaulnes, qui a donné son nom au roman, est le héros de l'histoire. C'est un adolescent de 17 ans, aux cheveux ras, surnommé « le Grand Meaulnes » par ses camarades, impressionnés en raison de sa taille et de son âge. Arrivé en pension chez les Seurel au début de l'intrigue (il vivait auparavant avec sa mère à La Ferté-d'Angillon), il attire l'attention de tous les élèves. C'est en effet un personnage mystérieux et aventureux : peu bavard, il préfère partir explorer la nature et adore le jeu. C'est aussi un personnage romantique : épris d'absolu, il rêve d'un amour pur et parfait. Il tombe amoureux d'Yvonne de Galais et passe une partie de sa vie à la chercher : plus qu'un amour d'adolescence, elle représente un idéal qu'il fantasme. Plus tard, il vit une aventure avec Valentine Blondeau, qu'il aimera avec plus de maturité. C'est un amour plus raisonné que celui qu'il ressent pour Yvonne, car il est adulte, mais cet amour est sans avenir : lorsqu'il découvre qu'elle est l'ancienne fiancée de Frantz, il se sent coupable et la quitte.

Lorsqu'il retrouve Yvonne des années plus tard, leur union sera teintée de mélancolie à cause du souvenir de Valentine, mais aussi de l'échec d'Augustin à se satisfaire de ce qu'il a. Toujours en quête d'idéal, il a passé sa vie à imaginer ses retrouvailles avec Yvonne et semble insatisfait maintenant qu'il a obtenu ce qu'il voulait. C'est un homme du mouvement, qui ne peut rester en place : il partira finalement à la recherche de Valentine pour réparer ses erreurs (envers elle et Frantz) et, à son retour, ne trouvera plus que sa fille et s'enfuira avec elle vers de nouvelles aventures.

Le lecteur ne connait jamais véritablement les émotions d'Augustin puisqu'il est toujours décrit à travers les yeux de François. Au fur et à mesure que l'histoire avance, les deux compagnons s'éloignent au gré des aventures d'Augustin, et François ne peut donc qu'imaginer ce que ressent son ami.

YVONNE DE GALAIS

Yvonne de Galais est celle dont Augustin Meaulnes tombe éperdument amoureux au cours de la fête donnée au domaine des Sablonnières. Elle n'apparait pas souvent dans le roman car elle constitue l'objet de la quête du Grand Meaulnes. C'est une jeune fille aux longs cheveux blonds et à la beauté irréelle. Son physique fragile est comme une prémonition de sa mort. Son caractère contraste pourtant avec cette apparence puisqu'il est affirmé et fort. Elle est en outre généreuse et tournée vers autrui. Elle devient très proche de François, qui lui rend souvent visite après le départ d'Augustin, et en fait son confident. Sa mort en sera d'autant plus tragique : elle ne vivra jamais pleinement son amour pour Augustin.

Yvonne est le double littéraire d'Yvonne de Quiévrecourt (1885-1964), une jeune femme dont Alain-Fournier s'était follement épris à l'âge de 19 ans.

FRANTZ DE GALAIS

Frantz de Galais, frère d'Yvonne de Galais, a été l'enfant à qui on accordait tout. C'est pour lui que son père a organisé la fête étrange au cours de laquelle il voulait se marier avec Valentine Blondeau, une jeune fille rencontrée peu auparavant. Après que sa fiancée s'est enfuie, le désespoir l'amène à tenter de se suicider. En choisissant une vie de vagabondage avec son ami Ganache, il perpétue une enfance fantasque, refusant autant de vivre une vie normale que de grandir.

Il demandera à ce que Meaulnes retrouve sa fiancée et sera réuni avec Valentine à la fin du roman.

VALENTINE BLONDEAU

Valentine Blondeau est la fiancée perdue de Frantz de Galais. À la fois vivante et nimbée d'irréalité, elle s'enfuit le jour de ses noces, ne pouvant croire à tant de bonheur. Pourtant, elle ne cesse de penser à Frantz.

Plus tard, elle sera séduite par Augustin Meaulnes. Ce dernier découvre avec elle autre chose qu'un amour d'adolescence, mais il finira par s'enfuir lorsqu'il comprendra sa véritable identité avant de la ramener finalement à son fiancé, Frantz.

M. DE GALAIS

M. de Galais est le père de Frantz et d'Yvonne de Galais. Il est officier et vit seul avec sa fille depuis la disparition de son fils. Après le mariage raté de celui-ci, il s'est retrouvé ruiné, et son domaine a été en partie détruit. Après le décès de sa fille, il meurt de chagrin à son tour.

CLÉS DE LECTURE

LA DIMENSION AUTOBIOGRAPHIQUE DU ROMAN

La part autobiographique prégnante dans *Le Grand Meaulnes* a permis à l'auteur, à travers ses personnages, de revivre certains pans de sa propre existence :

- l'auteur partage d'abord une partie de son histoire avec le narrateur, François Seurel. Tout comme lui, il est fils d'instituteurs, passe son enfance en Sologne et se passionne pour les livres ainsi que pour les promenades à vélo ;
- Fournier trouve également son double dans le personnage du Grand Meaulnes. Il exerce comme lui un pouvoir certain sur ses camarades de classe, les entrainant où bon lui semble. En outre, le nom du lieu où il nait, La Chapelle-d'Angillon, fait référence au village natal du héros du roman : La Ferté-d'Angillon. Mais cette ressemblance entre le héros et son auteur se matérialise surtout dans leur amour commun pour une jeune fille nommée Yvonne. Lorsqu'Alain-Fournier tombe amoureux d'Yvonne de Quiévrecourt en 1905, il a 19 ans, un âge proche de celui d'Augustin Meaulnes lors de sa rencontre avec Yvonne de Galais. Leur rencontre est assez semblable à celle que ses personnages connaissent. Le jeune Alain-Fournier rencontre pour la première Yvonne au Grand Palais de Paris lorsqu'elle emprunte un bateau-mouche. Tandis que l'auteur la suit, elle se retourne pour le regarder. Longtemps, Fournier vient attendre sous les fenêtres de

la jeune femme qu'il admire. C'est seulement à la sortie de l'église de Saint-Germain-des-Prés qu'il parvient enfin à lui parler. Or, après l'avoir écouté, la jeune femme lui demande de ne plus chercher à la revoir. Alain-Fournier apprend deux ans plus tard qu'elle s'est mariée.

La brièveté de leur rencontre, le bateau (de la même façon que l'auteur rencontre Yvonne de Quiévrecourt sur un bateau-mouche, c'est à l'occasion d'une promenade en bateau qui a lieu le lendemain de la fête qu'Augustin voit Yvonne de Galais et lui dit qu'elle est belle), la conversation succincte et le désespoir de savoir son amour marié sont autant d'éléments qu'Alain-Fournier utilise dans son roman en les transfigurant.

ENTRE RÊVE ET RÉALITÉ

Le glissement du réel à l'imaginaire est omniprésent dans *Le Grand Meaulnes*. Les lieux, d'abord, se métamorphosent sans cesse, passant du réel autobiographique à l'imaginaire romanesque.

Ainsi l'auteur décrit-il très précisément la vie d'un bourg où vivent notables, artisans et agriculteurs. Il dépeint fidèlement la société rurale de cette fin du XIXe siècle, comme ces élèves « ordinairement chargés de pourchasser à coups de pierres les chèvres ou les porcs qui viennent brouter dans la cour les corbeilles d'argent » (p. 26). Par ailleurs, Alain-Fournier intègre le parler populaire dans ses dialogues et reprend des expressions familiales rurales telles que « C'est-il que... ? » (p. 41), afin de donner plus de réalisme aux personnages et aux scènes qu'il décrit.

La vie à l'école est minutieusement relatée : les pupitres, les maximes de morale, le poêle à bois, etc. En ce sens, l'œuvre d'Alain-Fournier ressemble beaucoup à un roman de terroir. Pourtant, à l'intérieur même du réalisme s'immiscent des passages oniriques, qui relèvent du conte. Ces deux registres s'entremêlent surtout dans la première partie, si bien que le lecteur ne sait pas si les évènements se sont réellement déroulés ou s'il s'agit d'une invention d'Augustin.

ROMAN DE TERROIR

À l'origine, il s'agissait d'une catégorie de romans qui réunissait des textes de fiction des XIXe et XXe siècles qui retraçaient la vie des agriculteurs canadiens. Par extension, le terme désigne aujourd'hui des romans qui décrivent avec réalisme le style de vie traditionnel et rural des villages tout en valorisant l'agriculture et l'artisanat.

Le style onirique de son récit du « Domaine sans nom » (p. 191) est tellement différent du registre réaliste de l'avant et de l'après-évasion que l'aventure semble être inventée, ou bien appartenir à un rêve. Alors qu'au début du roman, l'auteur décrit avec réalisme la sortie traditionnelle de l'église un dimanche (« Ce dimanche-là, quelque animation devant l'église me retint dehors après vêpres. Un baptême, sous le porche, avait attroupé des gamins », p. 7), l'ambiance dans le domaine perdu semble bien plus étrange. L'auteur use de la figure de l'accumulation pour décrire le foisonnement de personnes et de mouvement qui caractérise la fête et décrit les personnages étranges comme s'ils étaient irréels :

> « [Augustin] était là, dans son grand manteau, comme un chasseur, à demi penché, prêtant l'oreille, lorsqu'un extraordinaire petit jeune homme sortit du bâtiment voisin, qu'on aurait cru désert. Il avait un chapeau haut de forme très cintré qui brillait dans la nuit comme s'il eût été d'argent ; un habit dont le col lui montait dans les cheveux, un gilet très ouvert, un pantalon à sous-pieds... Cet élégant, qui pouvait avoir quinze ans, marchait sur la pointe des pieds comme s'il eût été soulevé par les élastiques de son pantalon, mais avec une rapidité extraordinaire. Il salua Meaulnes au passage sans s'arrêter, profondément, automatiquement, et disparut dans l'obscurité, vers le bâtiment central, ferme, château ou abbaye, dont la tourelle avait guidé l'écolier au début de l'après-midi. » (p. 69)

De la même façon, le domaine des Sablonnières, présenté comme un paradis enfantin, est tiré du merveilleux. Les éléments qui le constituent sortent tout droit du conte ou des romans de chevalerie. La belle (Yvonne de Galais, dont le charme envoute Augustin), le château perdu au milieu des bois, font ainsi penser à *La Belle au bois dormant* (1697) de Perrault (écrivain français, 1628-1703) ou à *La Belle et la Bête* (1740) de Mme Leprince de Beaumont (femme de lettres française, 1711-1780) :

> « Il pouvait être trois heures de l'après-midi [lorsqu'Augustin] aperçut enfin, au-dessus d'un bois de sapins, la flèche d'une tourelle grise [...]. Au coin du bois débouchait, entre deux poteaux blancs, une allée où Meaulnes s'engagea. Il y fit quelques pas et s'arrêta, plein de surprise, trouble d'une émotion inexplicable. Il marchait pourtant du même pas

fatigué, le vent glacé lui gerçait les lèvres, le suffoquait par instants ; et pourtant un contentement extraordinaire le soulevait, une tranquillité parfaite et presque enivrante, la certitude que son but était atteint et qu'il n'y avait plus maintenant que du bonheur à espérer. » (p. 59)

Le séjour d'Augustin est placé sous le sceau de l'étrange : « Mais ce sont les enfants qui font la loi, ici ?... Étrange domaine ! » (p. 61) La chambre dans laquelle il pénètre est ensevelie sous les objets bizarres et désuets qui appartiennent à un autre temps. Ce caractère est d'autant plus marqué qu'une bonne partie du récit d'Augustin se déroule la nuit.

Le passage entre le réel et l'imaginaire est souvent marqué par le sommeil qui joue un rôle essentiel dans le déroulement des évènements. En effet, Meaulnes rêve du domaine et d'Yvonne avant même de les avoir réellement vus :

> « Il se rappela un rêve – une vision plutôt, qu'il avait eue tout enfant, et dont il n'avait jamais parlé à personne : un matin, au lieu de s'éveiller dans sa chambre, [...] il s'était trouvé dans une longue pièce verte, aux tentures pareilles à des feuillages. En ce lieu coulait une lumière si douce qu'on eût cru pouvoir la goûter. Près de la première fenêtre, une jeune fille cousait, le dos tourné, semblant attendre son réveil... Il n'avait pas eu la force de se glisser hors de son lit pour marcher dans cette demeure enchantée. Il s'était rendormi... »
> (p. 58)

Pendant son séjour dans le domaine, lors de la promenade en bateau, tout s'arrange « comme dans un rêve » (p. 83). Lorsqu'il est de retour à l'école, Meaulnes rêve souvent de jeunes femmes qui ressemblent à Yvonne sans parvenir à la retrouver. Pourtant, même si l'escapade d'Augustin dans le domaine perdu semble irréelle, Augustin rapporte une preuve de ce qu'il a vécu : le gilet de soie. En outre, il rencontrera par la suite Frantz, puis Yvonne, dans un contexte réaliste.

Alain-Fournier intègre donc dans un cadre réaliste un épisode onirique, afin de donner du poids à cet évènement qui fait basculer le roman et la vie des deux personnages. L'aspect onirique reflète aussi la perception de l'amour d'Augustin : en tombant amoureux d'Yvonne lors de son escapade, il associe la jeune fille à cet univers de rêve, ce qui explique la raison pour laquelle il devient mélancolique lorsqu'il la retrouve à nouveau dans le contexte réaliste d'une partie de campagne et que la fête n'est plus.

UN ROMAN D'INITIATION ET D'AVENTURES

Le roman se déroule lorsque François et Augustin ont respectivement 15 et 17 ans : il retrace leur passage de l'enfance à l'adolescence, et de l'adolescence au monde adulte. En effet, Augustin devient adulte à travers son amour pour Yvonne, tout comme François passe de l'enfance à l'adolescence en fréquentant Augustin, puis de l'adolescence au monde adulte lorsque son ami le quitte. C'est donc un roman d'initiation : l'intrigue met en scène l'évolution d'un héros, souvent jeune, qui devient un homme accompli. On qualifie aussi ce genre de roman d'apprentissage. Dans *Le Grand Meaulnes*, les deux jeunes personnages traversent en effet des péripéties qui vont tous deux les aider à grandir et devenir des hommes.

L'aventure

Le Grand Meaulnes est un roman d'aventures. Le mot « aventure » revient d'ailleurs très souvent (c'est même le titre d'un chapitre) et ce, dès les premières lignes du roman lorsqu'il est question d'une « demeure d'où partirent et où revinrent se briser, comme des vagues sur un rocher désert, nos aventures. » (p. 5) C'est aussi sur ce mot que se clôt l'œuvre : « Et déjà je l'imaginais, la nuit, enveloppant sa fille dans un manteau, et partant avec elle pour de nouvelles aventures. » (p. 274)

L'aventure est liée au désir d'évasion. Comme dans beaucoup de romans d'initiation, les jeunes héros sont habités par le désir du départ. Augustin Meaulnes est le premier à le concrétiser : le chapitre « Évasion » relate le moment où il s'échappe de l'école pour aller chercher les grands-parents de François. Ce dernier, resté seul, ne cesse alors de penser à la fuite, et s'imagine que Meaulnes l'appelle pour le suivre dans ses aventures. De son côté, Augustin vit des péripéties dignes des romans de chevaliers, puisqu'il trouve un château étrange ainsi qu'une fille aussi belle qu'une princesse. Il en revient transformé, avec un « air de voyageur fatigué, affamé, mais émerveillé » (p. 34).

La carte qu'Augustin élabore pour retrouver le domaine montre un lien évident avec la fameuse carte au trésor de *L'Île au trésor* (1882) de Stevenson (écrivain écossais, 1850-1894), le roman d'aventures par excellence. La carte dévoile la piste vers le chemin oublié :

> « Pour la première fois me voilà, moi aussi, sur le chemin de

Cette quête vers le « Domaine sans nom » est rattachée à l'exploration, à la découverte. François n'a pas vécu l'histoire extraordinaire d'Augustin mais puise dans son imagination et dans les livres pour vivre l'aventure.

L'arrivée de Meaulnes a tiré François de sa torpeur et lui a ouvert des perspectives d'évasion et d'aventure. Ainsi, une fois « Meaulnes parti, je [François] n'étais plus son compagnon d'aventures, le frère de ce chasseur de pistes ; je redevenais un gamin du bourg pareil aux autres » (p. 152). Pourtant, malgré le départ de Meaulnes, l'aventure continue. François, aguerri après ces années passées aux côtés d'Augustin, ne sera plus un personnage passif : c'est lui qui retrouvera Yvonne. François, comme Augustin, sort grandi de cette quête.

Le roman initiatique

Le roman initiatique retrace l'évolution d'un jeune héros qui grandit grâce aux aventures qui lui arrivent.

Augustin Meaulnes est le héros du roman : il lui donne son nom, et toute l'histoire tourne autour de lui, même lorsqu'il est absent. Le récit commence d'ailleurs à son arrivée chez les Seurel. C'est un garçon rebelle et parfois taciturne qui est irrémédiablement attiré par l'extérieur et l'idée d'évasion. Il est toujours actif, à l'inverse de son ami François. Il devient rapidement l'objet d'admiration de tous les élèves.

C'est donc naturellement qu'il initie l'aventure en s'évadant vers la demeure féérique des Sablonnières.

Cette aventure, par son registre, se rapproche du roman initiatique médiéval. Les péripéties que connait Augustin se basent en effet sur le schéma actanciel classique. Le « chevalier », Augustin Meaulnes, entreprend une quête, celle de l'amour absolu : il part à la recherche de sa princesse, Yvonne de Galais, et de son château mystérieux, le domaine sans nom. Toute l'intrigue de l'œuvre est tissée autour de cette recherche. Augustin est l'émetteur de la quête, puisqu'il en est à l'origine, mais aussi le destinataire, puisqu'il en profite (il se marie finalement avec Yvonne). Comme dans toute quête, des personnages aident le héros à parvenir à son but, les adjuvants, et d'autres l'en empêchent, les opposants. François Seurel est un adjuvant puisqu'il décide de rechercher le pays perdu avec son ami. Frantz est plus ambigu : il fournit à Augustin une carte complétée menant vers le domaine mystérieux ainsi que l'adresse d'Yvonne à Paris (adjuvant), mais il réapparait pour briser son union avec Yvonne puisque Meaulnes part à la recherche de Valérie (opposant).

Voici le schéma actanciel que l'on pourrait en déduire :

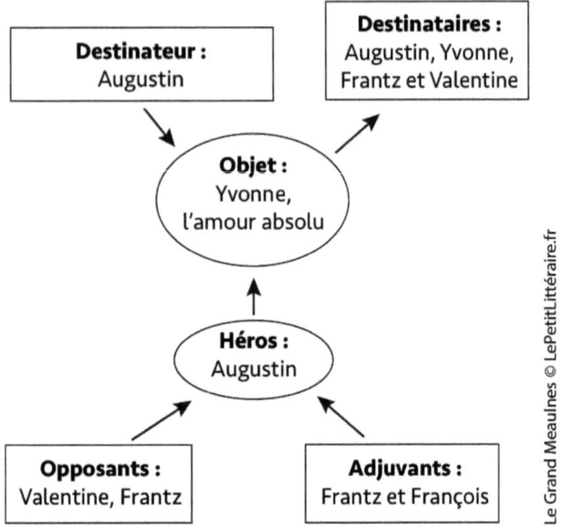

Augustin, à travers sa quête, connait donc le voyage, l'exploration, mais aussi l'amour (grâce à Yvonne et Valérie). Autant d'épreuves qui le font grandir. Il passe de l'adolescence au monde des adultes puisqu'il finit par se marier et être père. Par son statut de héros et par ses qualités de garçon aventureux, il achève un parcours initiatique sur le mode de la chevalerie.

Il représente également une sorte de grand-frère initiateur pour François. En effet, François murira au contact d'Augustin et grâce aux expériences que mène ce dernier. Avant de rencontrer le Grand Meaulnes, il était un garçon timide et réservé, un peu à part et soumis à ses parents. Rapidement, il voit en Augustin un ami et un héros : « Je me rappelle combien je le trouvai beau, à cet instant, le grand compagnon, malgré son air épuisé et ses yeux rougis par les nuits passées au dehors, sans doute. » (p. 34) Meaulnes est d'autant plus beau qu'il porte sur lui des marques laissées par l'aventure : il a les yeux rougis d'avoir passé la nuit à l'extérieur, d'avoir transgressé l'interdit.

En côtoyant Augustin, François découvre également l'amour fraternel : le lien qui les lie résistera au temps et aux épreuves. Lorsqu'il voit Meaulnes s'en aller en voiture pour finir ses études à Paris, François a « l'impression que, dans cette vieille voiture, [s]on adolescence venait de s'en aller pour toujours » (p. 151). Augustin, en l'attirant dans ses aventures, l'a plongé dans l'adolescence ; en le quittant, il l'entraine dans la vie adulte. La folle aventure est finie, et le temps, dans le roman, s'écoule si vite qu'en quelques pages, François est devenu professeur.

Augustin fait à son tour l'expérience de la vie adulte grâce à Yvonne : elle est l'objet de sa quête, et son accomplissement lui donne le statut de mari et de père. Au départ de ce dernier, François prendra la place du mari en l'absence de son ami. Même s'ils ne sont pas unis par un lien amoureux, François devient le confident d'Yvonne et s'occupera même de sa fille comme de son propre enfant. Il passe donc du garçon timoré et passif de 15 ans au mari et père de substitution. Ainsi, François effectue lui aussi un véritable parcours initiatique : il va faire preuve de courage et de loyauté envers son ami, en acceptant sa nouvelle vie mouvementée puis en s'occupant de sa femme et de sa fille. Il démontrera enfin son sens de la morale en laissant la fille qu'il a élevée partir avec Augustin, malgré la tristesse que cela lui cause.

La désillusion

Le développement de François et d'Augustin est vécu dans le déchirement, entre avenir et passé, entre rêve et réalité : François s'attarde longuement sur les plaisir de l'enfance tandis qu'Augustin souffre de grandir et d'être confronté à ses illusions. François, lorsqu'il rencontre Meaulnes, se lie avec lui « avec inquiétude et plaisir » (p. 14). De la même façon, François se souvient de la veille de l'évasion de son ami comme d'un « mélange de plaisir et d'anxiété » (p. 20). L'aventure, et donc l'émancipation, nait chez lui dans la douleur :

> « Mais quelqu'un est venu qui m'a enlevé à tous ces plaisirs d'enfant paisible. Quelqu'un a soufflé la bougie qui éclairait pour moi le doux visage maternel penché sur le repas du soir. Quelqu'un a éteint la lampe autour de laquelle nous étions une famille heureuse, à la nuit, lorsque mon père avait accroché les volets de bois aux portes vitrées. Et celui-là, ce fut Augustin Meaulnes, que les autres élèves appelèrent bientôt le grand Meaulnes. » (p. 14)

Augustin est celui qui provoque la fin de l'enfance de François. Il le tire du cocon familial pour lui faire découvrir un environnement rude : le monde adulte. Ce passage se caractérise, pour lui, par la nostalgie d'un bonheur perdu. Même si François est heureux de découvrir une nouvelle vie avec Augustin, il ressent d'abord de la mélancolie en comprenant que les bonheurs paisibles et l'insouciance de l'enfance sont terminés.

Pour Augustin, le passage à l'âge adulte est symbolisé par la transition entre l'idéalisme et la désillusion. Lorsqu'il retrouve enfin Yvonne de Galais, il ne savoure pas leurs retrouvailles, encore obsédé par leur première rencontre. Il semble refuser l'idée que les Galais aient dû vendre leurs biens, et que le château ait perdu de son prestige :

> « Ils parlèrent. Mais invariablement, avec un entêtement dont il ne se rendait certainement pas compte, Meaulnes en revenait à toutes les merveilles de jadis. Et chaque fois la jeune fille au supplice devait lui répéter que tout était disparu : la vieille demeure si étrange et si compliquée, abattue ; le grand étang, asséché, comblé ; et dispersés, les enfants aux charmants costumes... » (p. 203)

Meaulnes ne se remet pas de la perte de ce moment idéal et féérique. Alors qu'il a enfin retrouvé la femme qu'il aime, son ami se demande : « D'où venait donc ce vide, cet éloignement, cette impuissance à être heureux, qu'il y avait en lui, à cette heure ? » (p. 205) Meaulnes, l'idéaliste, se retrouve terrassé par la désillusion et en devient cruel. Sans s'en rendre compte, il gâche son bonheur : il s'enfuit le lendemain de ses noces et n'écrit jamais. Il confie d'ailleurs à François que, lorsqu'il a découvert le domaine sans nom, il était à « une hauteur, à un degré de perfection et de pureté [qu'il n'atteindra] jamais plus » (p. 191). « Dans la mort seulement, comme je te l'écrivais un jour, je retrouverai peut-être la beauté de ce temps-là... » (*ibid*.) Augustin souffre et fait souffrir, parce qu'il préfère le rêve à la réalité.

Ainsi, le passage de l'enfance à l'âge adulte est teinté de douleur et de nostalgie. La fin du roman s'enfonce dans la tristesse puisque les deux personnages ont enduré, pour l'un, un divorce amer entre le rêve et le réel ; pour l'autre, un adieu à l'innocence et la sécurité de l'enfance.

PISTES DE RÉFLEXION

QUELQUES QUESTIONS POUR APPROFONDIR SA RÉFLEXION…

- Selon vous, à quel genre ce roman appartient-il ?
- Ce roman comprend une part autobiographique : l'auteur prête certains de ses traits à François Seurel et d'autres à Meaulnes. Quels sont ces traits ? Pour vous aider à répondre, faites des recherches sur la vie de l'auteur.
- Peut-on pour autant dire que *Le Grand Meaulnes* est un roman autobiographique ? Justifiez votre réponse.
- Le récit de l'escapade d'Augustin tient-il du conte ? Justifiez votre réponse.
- Pourquoi peut-on dire que *Le Grand Meaulnes* se rapproche du roman initiatique médiéval ?
- Quels sont les thèmes principaux développés dans le roman ?
- Que recherche véritablement Augustin Meaulnes ?
- Qu'est-ce qui relève, dans ce roman, d'une part du réel, d'autre part de l'imaginaire, voire du merveilleux ? La limite entre réel et imaginaire est-elle clairement définie ? Expliquez.
- Comment l'auteur représente-t-il les deux jeunes filles, Yvonne de Galais et Valentine Blondeau ?
- Comparez l'œuvre d'Alain-Fournier avec les deux adaptations cinématographiques qui en ont été réalisées, celle de Jean-Gabriel Albicocco et celle de Jean-Daniel Verhaeghe. Laquelle de ces adaptations est la plus fidèle au roman ? Expliquez votre réponse.

POUR ALLER PLUS LOIN

ÉDITION DE RÉFÉRENCE

- ALAIN-FOURNIER, *Le Grand Meaulnes*, Paris, Éditions G.P., coll. « Bibliothèque rouge et or », 1952.

ÉTUDE DE RÉFÉRENCE

- ALAIN-FOURNIER, *Le Grand Meaulnes*, Paris, Hatier, coll. « Profil d'une œuvre », 2006

ADAPTATIONS

- *Le Grand Meaulnes*, film de Jean-Gabriel Albicocco, avec Alain Libolt et Jean Blaise, France, 1967.
- *Le Grand Meaulnes*, film de Jean-Daniel Verhaeghe, avec Jean-Baptiste Maunier et Nicolas Duvauchelle, France, 2006.

SUR LEPETITLITTÉRAIRE.FR

- Commentaire de lecture portant sur le chapitre I du *Grand Meaulnes*.

Retrouvez notre offre complète sur lePetitLittéraire.fr

- des fiches de lectures
- des commentaires littéraires
- des questionnaires de lecture
- des résumés

ANOUILH
- Antigone

AUSTEN
- Orgueil et Préjugés

BALZAC
- Eugénie Grandet
- Le Père Goriot
- Illusions perdues

BARJAVEL
- La Nuit des temps

BEAUMARCHAIS
- Le Mariage de Figaro

BECKETT
- En attendant Godot

BRETON
- Nadja

CAMUS
- La Peste
- Les Justes
- L'Étranger

CARRÈRE
- Limonov

CÉLINE
- Voyage au bout de la nuit

CERVANTÈS
- Don Quichotte de la Manche

CHATEAUBRIAND
- Mémoires d'outre-tombe

CHODERLOS DE LACLOS
- Les Liaisons dangereuses

CHRÉTIEN DE TROYES
- Yvain ou le Chevalier au lion

CHRISTIE
- Dix Petits Nègres

CLAUDEL
- La Petite Fille de Monsieur Linh
- Le Rapport de Brodeck

COELHO
- L'Alchimiste

CONAN DOYLE
- Le Chien des Baskerville

DAI SIJIE
- Balzac et la Petite Tailleuse chinoise

DE GAULLE
- Mémoires de guerre III. Le Salut. 1944-1946

DE VIGAN
- No et moi

DICKER
- La Vérité sur l'affaire Harry Quebert

DIDEROT
- Supplément au Voyage de Bougainville

DUMAS
- Les Trois Mousquetaires

ÉNARD
- Parlez-leur de batailles, de rois et d'éléphants

FERRARI
- Le Sermon sur la chute de Rome

FLAUBERT
- Madame Bovary

FRANK
- Journal d'Anne Frank

FRED VARGAS
- Pars vite et reviens tard

GARY
- La Vie devant soi

GAUDÉ
- La Mort du roi Tsongor
- Le Soleil des Scorta

GAUTIER
- La Morte amoureuse
- Le Capitaine Fracasse

GAVALDA
- 35 kilos d'espoir

GIDE
- Les Faux-Monnayeurs

GIONO
- Le Grand Troupeau
- Le Hussard sur le toit

GIRAUDOUX
- La guerre de Troie n'aura pas lieu

GOLDING
- Sa Majesté des Mouches

GRIMBERT
- Un secret

HEMINGWAY
- Le Vieil Homme et la Mer

HESSEL
- Indignez-vous !

HOMÈRE
- L'Odyssée

HUGO
- Le Dernier Jour d'un condamné
- Les Misérables
- Notre-Dame de Paris

HUXLEY
- Le Meilleur des mondes

IONESCO
- Rhinocéros
- La Cantatrice chauve

JARY
- Ubu roi

JENNI
- L'Art français de la guerre

JOFFO
- Un sac de billes

KAFKA
- La Métamorphose

KEROUAC
- Sur la route

KESSEL
- Le Lion

LARSSON
- Millenium 1. Les hommes qui n'aimaient pas les femmes

LE CLÉZIO
- Mondo

LEVI
- Si c'est un homme

LEVY
- Et si c'était vrai…

MAALOUF
- Léon l'Africain

MALRAUX
- La Condition humaine

MARIVAUX
- La Double Inconstance
- Le Jeu de l'amour et du hasard

MARTINEZ
- Du domaine des murmures

MAUPASSANT
- Boule de suif
- Le Horla
- Une vie

MAURIAC
- Le Nœud de vipères

MAURIAC
- Le Sagouin

MÉRIMÉE
- Tamango
- Colomba

MERLE
- La mort est mon métier

MOLIÈRE
- Le Misanthrope
- L'Avare
- Le Bourgeois gentilhomme

MONTAIGNE
- Essais

MORPURGO
- Le Roi Arthur

MUSSET
- Lorenzaccio

MUSSO
- Que serais-je sans toi ?

NOTHOMB
- Stupeur et Tremblements

ORWELL
- La Ferme des animaux
- 1984

PAGNOL
- La Gloire de mon père

PANCOL
- Les Yeux jaunes des crocodiles

PASCAL
- Pensées

PENNAC
- Au bonheur des ogres

POE
- La Chute de la maison Usher

PROUST
- Du côté de chez Swann

QUENEAU
- Zazie dans le métro

QUIGNARD
- Tous les matins du monde

RABELAIS
- Gargantua

RACINE
- Andromaque
- Britannicus
- Phèdre

ROUSSEAU
- Confessions

ROSTAND
- Cyrano de Bergerac

ROWLING
- Harry Potter à l'école des sorciers

SAINT-EXUPÉRY
- Le Petit Prince
- Vol de nuit

SARTRE
- Huis clos
- La Nausée
- Les Mouches

SCHLINK
- Le Liseur

SCHMITT
- La Part de l'autre
- Oscar et la
  Dame rose

SEPULVEDA
- Le Vieux qui
  lisait des romans
  d'amour

SHAKESPEARE
- Roméo et Juliette

SIMENON
- Le Chien jaune

STEEMAN
- L'Assassin
  habite au 21

STEINBECK
- Des souris et
  des hommes

STENDHAL
- Le Rouge et
  le Noir

STEVENSON
- L'Île au trésor

SÜSKIND
- Le Parfum

TOLSTOÏ
- Anna Karénine

TOURNIER
- Vendredi ou
  la Vie sauvage

TOUSSAINT
- Fuir

UHLMAN
- L'Ami retrouvé

VERNE
- Le Tour
  du monde
  en 80 jours
- Vingt mille
  lieues sous
  les mers
- Voyage au
  centre de
  la terre

VIAN
- L'Écume des jours

VOLTAIRE
- Candide

WELLS
- La Guerre des
  mondes

YOURCENAR
- Mémoires
  d'Hadrien

ZOLA
- Au bonheur
  des dames
- L'Assommoir
- Germinal

ZWEIG
- Le Joueur
  d'échecs

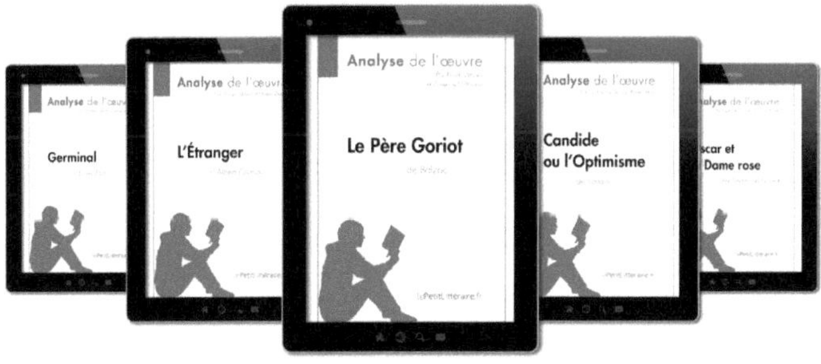

www.lepetitlitteraire.fr

ISBN version numérique : 978-2-8062-9263-6
ISBN version papier : 978-2-8062-9264-3
Dépôt légal : D/2016/12603/961

Avec la collaboration de Pauline Coullet pour l'étude des personnages de François Seurel et d'Augustin Meaulnes, ainsi que pour les chapitres « Entre rêve et réalité » et « Un roman d'initiation et d'aventures ».

Conception numérique : Primento,
le partenaire numérique des éditeurs.

Ce titre a été réalisé avec le soutien de la Fédération Wallonie-Bruxelles, Service général des Lettres et du Livre.